Le Petit Prince

安東尼・聖修伯里

ANTOINE DE SAINT-EXUPÉRY

獻給

給李昂 · 偉爾特

我要請所有的孩子原諒我將這本書獻給一位大人。我有一個非常重要的理由：這位大人是我在這個世界上最好的朋友。我還有另一個理由：這位大人能理解一切，就連寫給孩子的書也一樣。我還有第三個理由：這位大人此刻住在法國，過著飢寒交迫的日子。他很需要安慰。若是這些理由仍不夠的話，那麼我想，將這本書獻給這位大人曾經當過的小孩。因為所有的大人都曾經是小孩（只是很少有大人記得這件事）。所以我把獻詞改成：

獻給李昂 · 偉爾特
當他還是小男孩的時候

. I .

六歲時，有一次，我在一本關於原始森林的書上看到一幅壯觀的圖畫，那本書叫做《真實故事集》。那張圖上畫得是一隻正在吞食野獸的蟒蛇。*

書上說：「蟒蛇不經咀嚼，就吞下整隻獵物。然後蟒蛇就再也動不了，牠會睡上六個月，來消化肚子裡的東西。」

於是我想了很多關於叢林冒險的事，然後輪到我來作畫了。我成功地用一枝彩色鉛筆畫下了我的第一張畫。我的第一號畫作。看起來就像這樣：

我把我的傑作拿給大人看，問他們：我的畫會不會嚇到他們？

他們回答我：「一頂帽子有什麼好怕的？」

我的畫並不是一頂帽子。

我畫得是一隻正在消化大象的蟒蛇。於是我把蟒蛇的內部畫出來，好讓大人可以理解我的意思。大人總是需要解釋。我的第二號畫作就像這樣：

大人建議我把那些畫作丟在一旁，不管畫得是蟒蛇的內部，還是外部。然後，要我把注意力放在地理、歷史、算數和文法上。就這

* 譯註：此處略掉一句。

樣，我在六歲時，就放棄了畫家這份美好的職業。第一號和第二號畫作的失敗，讓我感到心灰意冷。大人從來不靠自己去理解任何事情，而那樣對孩子來說是很累人的，必須每次都要一再地向他們解釋。

因此，不得不選擇另一項職業，我學會了開飛機。我差不多飛遍了世界各地。

地理確實對我幫助很大。只要看一眼，我就能分辨出中國和亞歷桑納州。若是在夜間迷失了方向，懂地理真的非常有用。

就這樣，一生當中，我曾經和一大堆正經八百的人有過一大堆的接觸。我和大人相處過很長一段時間。我相當仔細地觀察他們。我對他們的觀感卻沒有任何改善。

每當遇見一位看似有點明理的大人時，我就會拿出一直保存在身邊的第一號畫作，用在他身上做實驗。我想知道，他是不是真的善解人意。但得到的答案都一樣，「這是一頂帽子。」於是我便不會和他談論蟒蛇、原始森林或星星。我會遷就他的理解力，和他談論橋牌、高爾夫球、政治，還有領帶。而那位大人也很高興，能結識到一位這麼通情達理的人。

. II .

就這樣，我一個人過著孤單的生活，沒有能說知心話的對象。直到六年前，在一次撒哈拉沙漠中碰到飛機故障為止。我的飛機引擎裡有東西壞掉了。然後因沒有技師，又沒有乘客與我同行，只好獨自一人著手嘗試艱難的修理工作。對我而言，這是攸關生死的大事。帶的水勉強只夠我喝上八天。於是第一天晚上，我睡在沙地上，在遠離人煙的千哩之外。當時的我比一個乘木筏在大海上漂流的船難倖存者，還要與世隔絕。所以各位可以想像，天亮時分，當我被一個奇特而細小的聲音喚醒，會有多麼驚訝。那個聲音說：

「拜託您……畫一隻綿羊給我！」

「嘎？」

「畫一隻綿羊給我……」

整個人像是被雷打到般跳了起來。我用力地揉了揉眼睛，仔細一看，看見一個奇妙的小人兒，一本正經地注視著我。這是我為他畫得最好的一張畫像。不過我的畫當然遠不及他本人可愛。但這點不能怪我，誰要大人在我六歲時就讓我對我的繪畫事業感到心灰意冷、讓我從此再也沒學會畫下任何東西，除了蟒蛇的內部圖和外部圖之外。

我驚訝地瞪大了眼睛，望著這個突然冒出來的人兒。各位不要忘了，我當時置身於距任何人煙千哩之外的地方。然而這個小人兒，在我看來既不像迷路，也不像快要累死、餓死或渴死的樣子，更不像怕得要死。他的外表一點都不像是個迷失在距任何人煙千哩之外沙漠中的孩子。當我終於能說得出話來時，我問他：

「可是……你在這裡做什麼啊？」

他卻又緩緩地像在說一件很嚴肅的事情般，重複說道：

「拜託您……畫一隻綿羊給我……」

當人們在面對一件太過震撼的神祕事件時，往往不敢違抗。正如各位所理解的，儘管身處在千哩之內杳無人煙的沙漠，有瀕臨死亡的風險，我還是從口袋裡掏出了一張紙和一枝筆。不過我隨即想到，自己只學過一點點地理、歷史、算數和文法，所以告訴那個小人兒（而且還有點生氣），我不會畫畫。他馬上回答：

「沒關係，你只要畫一隻綿羊給我就好了。」

我從來沒畫過綿羊，於是我為他畫了我唯二知道怎麼畫的圖——蟒蛇的外部圖。然而這個小人兒的回答讓我非常驚訝。

「不，不！我不要一隻吞了大象的蟒蛇。蟒蛇太危險了，大象又太占空間。我住的地方非常小。我只需要一隻綿羊，畫一隻綿羊給我吧！」

於是我畫了。

他仔細地看著，然後說：

「不行！這隻病得很重。再畫一隻吧！」

我又畫了一隻。

我的朋友給了我一個和善、縱容的微笑。

「你自己看清楚……這不是一隻綿羊，這是隻公羊。牠還長角呢……」

所以我又再畫了一遍。

但就和前面幾張一樣，他仍然拒絕接受。

「這隻太老了，我要一隻可以活很久的綿羊。」

於是我失去耐心了，我還得趕快動手拆掉我的引擎呢，於是隨手亂畫下這張圖。

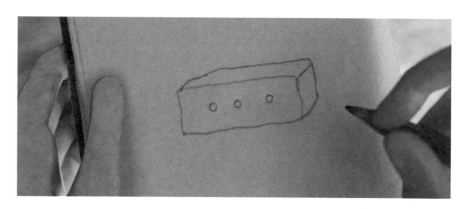

然後對他說：

「這個是箱子，你要的綿羊就在箱子裡。」

我驚訝地看著這位年輕裁判的臉上亮了起來。

「這樣子正是我想要的！你覺得綿羊需要很多草嗎？」

「為什麼問這個？」

「因為我住的地方非常小。」

「一定夠的。我畫給你的是一隻很小很小的綿羊。」

他把頭湊近那張畫。

「牠才沒你說的那麼小呢……你看！牠睡著了……」

我就是這樣認識了小王子。

. III .

光是要了解他來自何方，就花了我好長一段時間。小王子也問了我許多問題，不過他似乎對我問的問題充耳不聞。話雖如此，我還是從他有一搭沒一搭的隻字片語，了解到所有事情。比如說，第一次看見我的飛機時（我不會把飛機畫出來的，那對我來說太複雜了），他問我：

「這是什麼東西？」

「它不是東西，它會飛，是一架飛機，我的飛機。」

我很驕傲地讓他知道，我會開飛機，接著他大叫起來。

「什麼？你是從天上掉下來的！」

「沒錯。」我含蓄地回答。

「喔，真好玩……」

小王子發出可愛的笑聲，但他的笑聲卻大大激怒了我。我希望別人能認真看待我的不幸。

接著他又說：

「所以，你也是從天上掉下來的嘍？你是哪個星球來的？」

想到他神祕的出現，我靈機一動，於是直接問他：

「你是從別的星球來的？」

但是他沒有回答，只是輕輕搖頭，眼睛一直盯著我的飛機。

「的確，坐在這東西上，你不可能從太遠的地方來……」

然後，他陷入沉思好長一段時間。接著，從口袋裡掏出我畫給他的綿羊，專心凝視起他的寶貝。

各位可以想像，「別的星球」這句話讓我感到無比的好奇。所以我努力地想要多知道點。

「你是從哪裡來的，我的小人兒？『你住的地方』是哪裡？你要把我的綿羊帶到哪裡去？」

他默默地想了一會兒才回答我：

「你給我的這個箱子還有一個好處，晚上可以讓綿羊當房子住。」

「那當然，如果你人很好，我還會給你一條繩子，白天時可以把綿羊拴起來。我還會給你一根木樁。」

這個建議似乎讓小王子很震驚。

「把羊拴起來？多麼奇怪的想法！」

「可是如果你不把牠拴起來，牠就會到處亂跑，然後牠會走丟……」

我的朋友再度大笑。

「牠能跑到哪去？」

「任何地方都有可能啊，只要一直往前跑……」

於是小王子很認真地說道：

「沒關係，我住的地方是那麼的小。」

然後，他又說了句話，聽起來有些感傷。

「就算一直往前跑，也沒辦法跑多遠……」

. IV .

大為這樣，我才得知了另一件重要的事：小王子所住的星球竟然和一間房子差不多大！

我並不特別感到意外，除了像地球、木星、火星、金星這些人們已經命名的大行星外，還有幾千幾萬顆小到就算用望遠鏡也很難看到的小行星。當某位天文學家突然發現其中一顆小行星時，他通常會給它一個編號當作名字。比方說，他會將它命名為「325 號小行星」。

我有充分的理由相信，小王子是來自於 B612 號小行星。過去，只有一位土耳其天文學家，曾在一九〇九年時以望遠鏡觀測到這顆行星一次。

他當時曾在國際天文學會上提出一篇正式報告，說明他的重大發現。但就因為他穿著土耳其服裝，所以沒人相信他。大人就是這樣子。

幸好，由於 B612 號行星出現的緣故，使得當時土耳其的獨裁君主下令，要他的子民全都穿上歐洲風格的服裝，否則要判處死刑。一九二〇年，當初那位天文學家穿上優雅的服裝重新提出他的報告，這次，所有人都相信他。

我之所以告訴你們有關 B612 號行星的細節和編號，是因為大人的緣故。大人都喜歡數字。當你向他們提到新朋友的事情時，他們不會問你真正重要的問題。他們從來不會問：「他的聲音聽起來如何？」「他最喜歡什麼遊戲？」「他收集蝴蝶嗎？」他們會問：「他幾歲？」「他有幾個兄弟姊妹？」「他的體重多重？」「他爸爸賺多少錢？」只有這麼做，他們才覺得自己認識這個人。如果你告訴大人：「我看到一幢漂亮的粉紅色磚頭蓋得房屋，窗邊有天竺葵，屋頂上還有鴿子……」他們根本無法想像這是怎樣的一幢房子。你得告訴他們：「我看到一幢價值十萬法郎的房子。」然後他們才會驚訝地說：「多漂亮的房子啊！」

所以，假如你告訴他們：「小王子存在的證據就是他很可愛、他會笑，而且他還想要一隻綿羊！當有個人想要一隻綿羊時，就是這個人存在的證明。」他們只會聳聳肩，把你當成小孩子看待。但是如果你告訴他們：「他來自 B612 號小行星。」他們就會深信不疑，不會再拿其他問題來煩你。大人就是這樣，不需要責怪他們。孩子們應該表現出對大人的極度寬容。

當然，對於我們這些了解人生真義的人而言，根本不在乎數字。我很想用童話故事的方式為這個故事開場。我想說：

「很久很久以前，有一位小王子，他住在一個比他自己大不了多少的星球上，他需要一個朋友……」

對任何了解人生真義的人來說，這樣的敘述聽起來應該會比較真實吧。

因為我不希望別人用隨便的態度讀我的書。述說這些回憶對我而言，是非常難過的事。我的朋友帶著他的綿羊離去已經有六年了。我在這裡試著描述他的種種，是為了不要忘了他。忘記一位朋友是很悲傷的事，因為並不是每個人都有朋友。而且我有可能會變得像那些只對數字感興趣的大人。為此，我買了一盒顏料和幾枝鉛筆。到了我這個年紀，要重拾畫筆的確是件不容易的事，尤其對一個只在六歲時畫過蟒蛇外部圖和蟒蛇內部圖，就再也沒有嘗試其他繪畫經驗的人而言！我當然會努力把他畫得像本人。只不過我不是很確定自己能辦得到。只有一張還可以，另一張就不像了。我也有點搞錯他的身高。這裡把他畫得太高。那裡又把他畫得太矮。我對他衣服的顏色也不是很確定。於是我這邊修修、那邊改改，盡我所能地畫了。我還是搞錯了某些重要的細節。但是，請你們一定要原諒我。

我的朋友從來不解釋任何事情。也許是因為他以為我跟他很像吧。不幸的是，我不知道該怎麼看見箱子裡面的綿羊。也許我和那些大人有點像。我一定是老了。

. V .

我每天都能得知一些有關小王子那顆行星的事，關於他為何離開及旅途中經歷的事。這些都是他偶爾回想的時候一點一點地說出來的。因此我才會在第三天，知道猴麵包樹所帶來的慘劇。

這一次還是多虧了那隻綿羊，因為小王子突然一臉狐疑地問我：

「綿羊會吃掉灌木，這件事是不是真的啊？」

「對。是真的。」

「啊！我好高興！」

我不懂，為什麼綿羊會不會吃灌木有這麼重要。不過，小王子又問了：

「所以他們也會吃掉猴麵包樹嘍？」

我提醒小王子，猴麵包樹不是灌木，而是像教堂那麼高的樹，就算他帶來一整群大象，這群大象也吃不完一棵猴麵包樹。

一群大象的想法讓小王子笑了出來：

「那麼應該把牠們一隻一隻疊起來……」

不過，他又很聰明地說了一句：

「猴麵包樹沒長大之前也是很小的。」

「一點都沒錯！可是為什麼你會希望綿羊吃掉小猴麵包樹呢？」

事情是這樣的，小王子住的星球其實和別的星球沒有兩樣，有好的植物也有不好的植物。好的種籽長出好的植物，不好的種籽長出不好的植物。但是光看種子是看不出來的。它們在土壤某個神祕的地方沉睡許久，直到某一天，其中一顆種籽突然醒過來。它像伸懶腰般探出頭來，先是怯生生地對著太陽探出一枝迷人的嫩芽。如果它是蘿蔔或玫瑰的嫩芽，可以讓它愛怎麼長就怎麼長。但如果它是不好的植物，就得在我們能夠辨認出來時，立刻把它拔掉。

話說，小王子所住的那顆星球上，有一些可怕的種籽……就是猴麵包樹的種籽。星球上的土壤已經受到它的危害。而猴麵包樹啊，要是我們太晚處理它，就永遠沒辦法擺脫掉它。它會長滿整顆星球。它的樹根會穿透星球。如果那原本就是顆小行星，然後如果猴麵包樹又太多，它們就會讓星球爆掉。

「這是紀律問題。」小王子接著跟我說，「每天早上梳洗完畢，都應該仔細打掃自己的星球。必須要強制自己定期地拔掉猴麵包樹，在你有辦法從灌木中分辨出它們的時候，因為它們很小的時候長得很像灌木。這種工作雖然很乏味，但也很簡單。」

有一天，他建議我應該盡全力畫成一張最漂亮的圖，讓我居住的這顆星球上的孩子們都能清楚記得這件事。「如果有一天他們出去旅行，」他告訴我，「就對他們會很有幫助。有時候，把工作拖到後來再做還不要緊。但如果面對的是猴麵包樹，麻煩就大了。我知道有一顆行星上面住了一個懶鬼，他就曾經忽略了三棵猴麵包樹……」

於是，透過小王子的描述，我畫下了那顆星球。我不是很喜歡以道貌岸然的姿態對人說話。不過，因為太少人明白猴麵包樹的危險，一想到任何一個迷路到一顆小行星的人所可能遇到的災難，我不得不破例打破沉默。「孩子們！要小心猴麵包樹！」這麼做是為了提醒我所有的朋友，猴麵包樹所導致的危險。他們就像我一樣，長久以來完全不知道這

回事，所以我才這麼努力地完成這張畫。如果我的畫可以告訴人們一些真相，那麼再麻煩都是值得的。

也許你們會問：為什麼這本書裡的其他圖畫，都沒有猴麵包樹這麼壯觀？答案很簡單：我試過了，但是我畫不出來。然而當我在畫猴麵包樹時，確實受到一種刻不容緩的情緒所驅動。

.VI.

喔，我的小王子，我終於開始慢慢了解，你小小生命中那總是揮之不去的憂傷了。有一段時間，你僅有的樂趣就是守著落日餘暉，享受那無人能知的寧靜與溫暖，這個祕密我是在第四天早上發現的，你對我說：

「我最喜歡黃昏了，走，我們一起去看夕陽吧……」

「可是，我們得等一等啊……」

「等什麼？」

「等太陽下山啊！」

一開始，你露出驚訝的表情，然後才自顧自地笑了起來。

接著，你告訴我：

「我還以為我在家呢！」

的確，大家都知道，美國日正當中的時候，法國的太陽正要西下。當然，如果你能在一分鐘之內飛到法國的話，就可以從正午直接跳到黃昏；可惜法國實在太遠了。然而，在小王子那小小的星球上，你只要挪動椅子就行了。只要你願意，任何時候都可以看到日落美景。

「有一天，我看了四十四次的夕陽！」

接著你又說：

「你知道的……當你覺得很悲傷的時候，不知道為什麼，會特別喜歡落日……」

「那麼，你看了四十四次夕陽的那天，一定覺得很悲傷嚕？」

小王子沒有回答。

.VII.

第五天，還是多虧了綿羊，我才發現小王子生命中的另一個祕密。他沒頭沒腦地突然問了一個像是沉思許久的問題：

「如果綿羊會吃灌木，那牠也會吃花嗎？」

「綿羊會吃掉牠遇見的所有東西。」

「就連長了刺的花兒也一樣？」

「對，就連長了刺的花兒也一樣。」

「那麼那些刺，到底有什麼用？」

我哪裡會知道。當時我正忙著拆下引擎上一顆栓得太緊的螺絲釘。我憂心忡忡，因為我開始覺得飛機的故障很嚴重，而就要耗盡的飲用水，讓我害怕起最糟的狀況。

「那些刺，到底有什麼用？」

小王子一旦提出問題，就會打破砂鍋問到底。偏偏我被那顆螺絲釘弄得心浮氣躁，所以沒多想就隨口回答：

「那些刺啊，一點用也沒有，那些刺是花兒的純粹惡意！」

「喔！」

在一陣沉默過後，他忿忿不平地質問我：

「我不相信你說的話！花兒都很脆弱。她們很天真。她們會盡可能地保護自己。她們以為自己有了刺就可以嚇人了……」

我沒有回答。那時我正在想：「假如這顆螺絲釘再這麼頑固，我就要用鐵鎚把它敲掉。」

誰知小王子竟再次擾亂我的思緒。

「你真的相信那些花……」

「得了！得了！我什麼都不相信！我只是隨口回答而已，你沒有看到我在忙正事嗎？」

他很驚愕地望著我。

「正事?!」

他看著我手裡拿著鐵鎚,指甲沾滿了黑漆漆的機油,整個人趴在一個在他看來十分醜陋的東西上。

「你說話就和那些大人一樣!」

這句話讓我心裡產生了一絲愧疚,但他又無情地加上一句:

「你什麼都搞不清楚⋯⋯你混淆一切!」

他真的非常生氣。只見他拚命搖頭,一頭金髮在風中搖晃。

「我知道有顆星球上面住了一位紅臉先生。他從沒聞過一朵花、

沒看過一顆星星,更沒愛過一個人。他除了算加法之外,什麼事也沒做過。他就和你一樣,只會整天不斷重複:『我有正事要做!我有正事要做!』然後這點讓他非常引以為傲。可是他根本不是人,他是個蘑菇!」

「是個什麼?」

「他是個蘑菇!」

小王子此刻氣得臉色發白。

「花兒長刺已經有幾百萬年了。同樣地,綿羊吃花也吃了幾百萬年。設法研究花為什麼要辛辛苦苦地長出這些沒用的刺,難道不是正事嗎?綿羊和花之間的這場戰爭,看起來不重要嗎?難道這件事沒有比那位紅臉先生的加法更正經、更重要嗎?要是我認識一朵世上獨一無二的花,而這朵花除了在我的星球上,其他地方都不存在,卻在某天早上被一隻小綿羊在渾然不知情的狀況下給一舉消滅了,這件事不重要嗎?」

他脹紅著臉接著說:

「如果一個人愛一朵在好幾百萬顆星星當中獨一無二的花兒,那麼他只需要望著,他就會很快樂。他會告訴自己:『我的花就在天邊的某個地方⋯⋯』但是,如果綿羊吃掉了那朵花,這對那個人而言,就好像所有的星星都突然熄滅。這件事情難道不重要嗎!」

他再也說不下去了。他突然啜泣起來。夜幕降臨,我放開了手裡的工具。我不在乎我的鐵鎚、我的螺絲釘,口渴或死亡。在一顆星星上,就是我的星球──地球上,有一位小王子需要安慰!我把他抱在懷裡。安撫他,對他說:「你愛的那朵花不會有危險的⋯⋯我會給你的綿羊畫個嘴套⋯⋯我還會幫你的花畫一副圍網⋯⋯我還會⋯⋯」我不知道還能說什麼,覺得自己非常笨拙。我不知道該怎麼觸動他、去那裡把他找回來⋯⋯眼淚的國度是那麼地神祕啊!

. VIII .

我很快就對小王子的這朵花有了進一步的認識。在小王子的星球上，一直都有些非常單純的花兒，通常只有一圈花瓣，她們既不占空間，也不會打擾到任何人。她們早上出現在草地上，到了晚上就凋謝了。可是有一天，一顆不知從哪飄來的種籽發了芽，小王子非常非常小心地盯著這株看起來與眾不同的嫩枝。也許是新品種的猴麵包樹。可是這棵灌木很快就停止生長，並開始準備開花。

小王子親眼目睹這朵巨大的蓓蕾誕生，總覺得有什麼奇蹟要發生，可是這朵花卻躲在她的綠色花房中不停地裝扮，好讓自己變美。她小心翼翼地挑選自己的顏色、緩緩地著裝、一片一片地調整花瓣。她不希望像罌粟花那樣全身皺巴巴地出門。她只想在最美的時候出現。對呀！她非常愛漂亮！於是她那神祕的梳妝打扮持續了一天又一天。然後到了某天早上，就在太陽升起的那一刻，她終於現身了。

只是，她明明慢工出細活地妝扮了那麼長的時間，竟然打著呵欠說：

「啊！我才剛剛醒來……請您見諒……我還沒梳好頭呢……」

當時小王子情不自禁地表示了他的讚美。

「妳真是美啊！」

「可不是嗎？」那朵花輕輕地回答，「我是和太陽同時出生的……」

小王子早就料到她不會太謙虛，但她是那麼動人！

不久，她又說：「我想現在應該是吃早餐的時候，是不是可以請你好心為我……」

於是萬分尷尬的小王子去找來了一澆花壺的清水，為花兒服務。

就這樣，她很快便在有點多疑的虛榮心作祟下折磨起小王子。譬如

有一天，談到她那四根刺時，她告訴他：

「那些有爪子的老虎，儘管讓牠們來吧！」

小王子反駁道：「我的星球上沒有老虎，更何況老虎又不吃草。」

「我又不是草。」那朵花柔聲地回答。

「對不起……」

「我根本不怕老虎，但是我很害怕穿堂風。你有沒有屏風啊？」

「害怕穿堂風……對一株植物而言還真是不幸啊。」小王子發現了這一點。「這朵花還真複雜……」

「晚上您就把我用玻璃罩子罩起來吧。您這裡好冷。真是選錯了地方。我原來住的地方啊……」

但她忽然閉嘴不說了。因為來這裡時，她還只是顆種籽，根本不可能見識過其他的地方。她感到丟臉，因為她在正打算說出如此天真的謊言時被人識破。她咳了兩、三聲，好將過錯歸在小王子身上。

「我的屏風呢？」

「我正要去找，但妳一直跟我說個不停！」

她硬是又咳了幾聲，好讓他更愧疚。

就這樣，儘管小王子的愛充滿善意，卻很快地懷疑起她來。因為他把一些不重要的話看得太認真，於是變得非常不快樂。

有天，他向我坦言：「當時我不該聽她的，永遠都不應該聽花兒的話。只要觀賞她們、聞聞她們的香味就好了。我的花兒讓我的星球充滿了香氣，但我不懂得樂在其中。那個關於爪子的故事原本應該是為了要打動我的，卻讓我那麼生氣……」

他又坦誠地告訴我：

「當時我一點也不知道該如何去看懂一件事！我應該根據她的行為而不是根據她的話來判斷她。她帶給我芬芳，又帶給我光彩。我不該這樣說走就走！我應該要猜到她那些可憐的詭計背後所蘊藏的柔情。花兒天生就是這麼矛盾！只是當時我太年輕，不知道該怎麼去愛她。」

. IX .

我相信他的逃離是得到一群遷徙候鳥的幫忙。出發那天早上，他把他的星球整理得有條不紊，他仔細地打掃了他的活火山。他擁有兩座活火山。早上用來熱早餐可是挺方便的。他還擁有一座死火山。不過就像他所言：「天下的事很難說！」所以他還是把那座死火山打掃得乾乾淨淨。要知道，如果有人好好打掃，火山就會規律地緩緩燃燒，而不致爆發。火山爆發和煙囪噴火是一樣的。顯然，在我們的地球上，因為我們太小了，所以無法親自打掃那些火山，這也就是為什麼火山會給我們帶來一大堆麻煩了。

小王子有些憂鬱地拔掉了最後幾根猴麵包樹的幼苗。他相信自己應該不會再回來了。可是那天早上，這些熟悉的工作，突然讓他覺得萬分甜蜜。於是，當他最後一次為那朵花澆水、並準備為她罩上玻璃罩時，他發現自己很想哭泣。

「再見了！」他對花兒說。

但是花沒有回答他。

「再見了！」他又說了一次。

那朵花咳了一下，但不是因為著涼。她對他說：

「之前是我太傻了，請你原諒我。請務必要快樂起來！」

小王子很驚訝，因為她竟然沒有責備他。他拿著玻璃罩愣在那裡，無法了解這份平靜的溫柔。

花兒對他說：「沒錯，我愛你。但你完全不曉得這點，那是我的錯。不過，這些一點也不重要。之前你也和我一樣傻。請務必要快樂起來……別管這個玻璃罩了。我再也不需要它了。」

「可是，風……」

「我的感冒沒那麼嚴重……夜晚的涼風對我是有好處的。我是一朵花啊。」

「可是那些動物和蟲……」

「假如我想和蝴蝶交朋友，就得要忍受兩、三隻毛毛蟲。蝴蝶好像很美呢！否則會有誰來拜訪我？你就要遠離了。至於那些大的動物，我一點也不害怕。因為我有我的爪子啊。」

於是，她天真地把四根刺展示出來，然後又說：

「不要這樣拖拖拉拉的，這樣很煩人的。你既然決定要走，就走吧！」

因為她不希望小王子看到她流淚。她是一朵非常非常驕傲的花啊……

. X .

他來到 325 號、326 號、327 號、328 號、329 號和 330 號小行星的區域。於是他開始拜訪這些小行星，好找點事做，也順便增廣見聞。

第一顆星球上，住了一位國王。國王穿了一件絳紅色貂皮大衣，坐在一張簡單卻十分有威嚴的寶座上。

「啊！這裡來了一位部下。」看到小王子時，國王叫了起來。

小王子心想：

「他怎麼會認識我？他從來沒見過我呀！」

他不知道從國王的角度來看，這個世界非常的簡單。除了他自己，所有的人都是他的部下。

國王說：「靠近一點，好讓我可以把你看個仔細。」這位國王因為終於能夠當別人的國王，感到非常驕傲。

小王子四處張望，想找個可以坐下的地方，可是整個星球都被國王那件華貴的貂皮大衣給占滿了。可憐的他只能站在那裡，但他實在太疲倦，所以打了一個呵欠。

國王對他說：「在國王面前打呵欠是很不禮貌的，我不准你這麼做。」

「我實在沒辦法控制自己，」小王子尷尬地說，「我長途跋涉了好長一段時間，才到這裡，一路上都沒睡覺……」

國王對他說：「好吧，那我命令你打呵欠。我已經好幾年沒看過人家打呵欠了，打呵欠對我來說太新奇了。來啊！再打一個呵欠。這是命令。」

「這樣讓我好為難啊……我打不出來了……」小王子紅著臉說。

「好吧，好吧！」國王回答，「那麼我……我命令你有時打呵欠、有時……」

國王嘟囔了一會兒，顯得不太高興。

因為國王向來希望他的權威受到尊敬，最受不了人家違背他。他是位專制的君主，但他也是個和善的人，他發布的命令都很合情合理。

他常常說：「假如我下令一位將軍變成一隻海鳥，而那位將軍不服從的話，那不是將軍的錯，而是我的錯。」

「我可以坐下嗎？」小王子怯生生地問道。

「我命令你坐下。」國王回答他，還威風凜凜地拉起他那件貂皮大衣的一角。

小王子不禁感到驚訝。這顆星球小得不能再小，這位國王到底能統治什麼？

於是他問：「陛下……我想請您原諒我問一個問題……」

「我命令你問我問題。」國王連忙說。

「陛下……您都在統治些什麼啊？」

「一切。」國王簡潔有力地回答。

「一切？」

國王莊重地用手勢指了指他的星球、其他的星球，還有所有的星星。

「您統治這一切？」小王子問。

「我統治這一切……」國王回答。

因為他不只是個專制君主，同時也是整個宇宙的君主。

「那些星星都服從你嗎？」

「當然啦，」國王告訴他，「它們會馬上服從。我不能忍受不守紀律。」

這麼大的權力讓小王子嘆為觀止。如果他也擁有這麼大的權力，那他就可以在一天之內不只看四十四次日落了，而是七十二次，甚至一百次、兩百次，而且還不必挪動他的椅子！小王子因為不經意想起那個被他遺棄的行星，忽然覺得有點傷感，於是鼓起勇氣向國王提出一個請求。

「我很想看日落……請讓我如願以償……命令太陽下山吧……」

「假如我命令一位將軍像蝴蝶般從一朵花飛到另一朵花，或是寫一齣悲劇，或是乾脆變成一隻海鳥，而那位將軍竟然沒有執行我的命令，你說這是我們哪個人的錯？是他，還是我？」

「您的錯。」小王子肯定地說。

「這就對了嘛！」國王回答，「沒有人可以強人所難，權威必須建立在道理之上。假如你命令你的子民去跳海，他們不造反才怪。我之所以有權要求別人服從，就是因為我的命令通常都很合理。」

「這樣說來，那我的日落呢？」要記得，小王子一旦問了問題，就不會輕易忘記。

「你當然可以看到你的日落，我會為你辦到的。但一定要按照我的統治邏輯，我要等到條件情況允許時才會著手。」

「那是什麼時候？」小王子問。

「嗯……」國王開始翻閱一本厚厚的日曆。「嗯……日落將在接近……接近……日落將在今天晚上接近七點四十分的時候出現！你將看到我的命令被好好地執行。」

小王子打了一個呵欠。他惋惜自己看不到那場日落。他隨即覺得有些無聊了。

「我在這裡沒事可做，」他對國王說，「我要走了！」

「不要走，」國王回答，他好驕傲能夠擁有一位部下。「不要走，我讓你做部長！」

「什麼部長？」

「……司法部長！」

「但是這裡沒有人可以審判呀！」

國王對他說：「你怎麼知道呢？我還沒巡視過我的王國。我很老了，這裡沒位置放馬車，而我又怕走路會累。」

「喔！可是我已經看過了，」小王子邊說邊側身朝星球的另一邊看了一眼。「那邊一個人也沒有……」

國王回答他：「那麼，你就自己審判自己好了。這是最難的一種挑戰。

審判自己比審判別人要難得多。假如你能好好地審判自己，並審判出一個結果，那你就是一個真正有智慧的人。」

小王子說：「我啊，不管在任何地方都可以審判自己。但我不需要住在這裡啊。」

「好吧，好吧！」國王說，「我相信我星球上的某個地方有一隻老老鼠，我在夜裡聽過牠的聲音。你可以審判這隻老老鼠。你可以偶爾判牠死刑。這樣牠的生殺大權就操在你手上。不過，你每次都要想辦法赦免牠，因為我們這裡恐怕只有牠這麼一隻老鼠。」

「我啊，」小王子回答，「我才不喜歡判死刑呢，我確信我要走了。」

「不！」國王說。

可是小王子下定決心要離開，但他不想傷老國王的心，他說：

「假如陛下希望我服從您的話，就立刻對我下一個合理的命令吧。譬如說，陛下可以命令我在一分鐘之內離開，我會覺得這些條件棒極了……」

國王沒有回應，小王子猶豫了片刻，嘆口氣就走了。

「我任命你做我的駐外大使。」國王連忙喊道。

他擺出一副威風凜凜的樣子。

「唉，大人真的好奇怪啊。」整個旅途中，小王子不停對自己這麼說。

. XI .

第二顆星球上，住了一個愛慕虛榮的人。

「啊！啊！有位仰慕者來拜訪我嘍！」那個愛慕虛榮的人，大老遠看到小王子，就忍不住叫了起來。

在一個愛慕虛榮的人眼裡，其他人都是仰慕他們的人。

小王子說：「您好，您有一頂很奇怪的帽子。」

「這個是拿來行禮用的。」愛慕虛榮的人回答，「當有人為我喝采時，這頂帽子就可以向他還禮，可惜從來沒有人從這裡經過。」

「啊！真的啊？」小王子完全不懂這個人在說什麼。

「不然請你拍個手。」愛慕虛榮的人於是建議他。

小王子真的拍起手來。

只見那位愛慕虛榮的人優雅地舉起帽子答禮。

「這個比剛才拜訪國王好玩多了。」小王子心想。然後他又繼續鼓掌。那位愛慕虛榮的人繼續舉起帽子答禮。

進行了五分鐘之後，小王子開始對這個遊戲的單調感到無聊。

「要怎樣做才能讓帽子落下來呢？」

可是愛慕虛榮的人沒聽到，他一向只聽得到讚美的話。

「你真的那麼仰慕我嗎？」他問小王子。

「『仰慕』是什麼意思？」

「『仰慕』的意思，就是『承認我是這個星球上最英俊、穿得最考究、最富有也最聰明的人』。」

「可是你的星球上只有你一個人呀！」

「拜託不要掃我的興。還是仰慕我吧！」

小王子聳聳肩說：「我仰慕你，可是這樣有什麼好讓你感興趣的？」

小王子說完後，轉頭就走。

「大人真的都好奇怪啊！」整個旅途中他都在喃喃自語。

. XII .

下一顆行星，住了一個酒鬼。這次的拜訪時間很短，可是卻讓小王子陷入了深深的憂鬱。

「你在那裡幹什麼？」他看見那位酒鬼默默坐在一大堆滿的酒瓶和空的酒瓶前，於是問那位酒鬼。

「我在喝酒。」酒鬼滿臉愁容地回答。

「你為什麼要喝酒？」小王子問。

「為了要忘記。」酒鬼回答。

「要忘記什麼？」小王子邊問邊開始為他感到可憐。

酒鬼低下了頭坦言道：「忘記我的羞恥。」

「什麼羞恥？」小王子一心想幫他，所以繼續追問下去。

「我喝酒的羞恥！」話一說完，酒鬼就自我封閉在永久的沉默裡。

小王子百思不得其解地離開了。

「大人們真的非常非常的奇怪。」整段旅程中他都這樣告訴自己。

. XIII .

第四顆行星，屬於商人的星球。這位先生是那麼的忙碌，忙到連小王子抵達時，甚至沒有抬起頭來看一眼。

小王子對他說：「您好！您的香菸熄了。」

「三加二等於五，五加七等於十二，十二加三等於十五。你好。十五加七等於二十二，二十二加六等於二十八。我實在沒時間再點菸。二十六加五等於三十一。哈！一共是五億零一百六十二萬兩千七百三十一。」

「五億個什麼啊？」

「啊，你還在這裡？五億零一百萬……我記不起來……我的工作實在太多了！我是個正經八百的人啊，不會把時間浪費在閒聊上！二加五等於七……」

小王子再問了一次。「五億零一百萬個什麼啊？」他一旦提出問題，在沒得到答案之前，別想要他放棄。

商人抬起頭來。

「自從我住在這個星球五十四年來，只被打擾過三次。第一次已經是二十二年前的事了，是被一隻天曉得從哪裡掉下來的金龜子打擾。牠發出一陣很可怕的噪音，害我連續加錯了四個地方。第二次是在十一年前，我得了一場急性風溼症。誰叫我缺乏運動，又沒時間閒逛。因為我是個正經八百的人啊。第三次……就是現在這次！對了，剛才我說到五億零一百萬……」

「一百萬的什麼？」

這位商人清楚知道，他若沒有好好回答，別指望能落得清靜。

「就是我們有時候會在天空中看到的那些小東西。」

「蒼蠅嗎？」

「才不是呢，是一些閃閃發亮的小東西！」

「蜜蜂嗎？」

「不對。是些金光閃閃會讓遊手好閒的人胡思亂想的小東西。但我是個正經八百的人啊，沒時間胡思亂想。」

「啊！是星星？」

「沒錯，就是星星。」

「你拿這五億零一百萬顆星星做什麼呢？」

「是五億零一百六十二萬兩千七百三十一顆星星。我是個正經八百的人啊，是很精確的。」

「那你拿這些星星要做什麼？」

「你拿它們要做什麼？」

「對呀。」

「不做什麼。我擁有它們。」

「你擁有這些星星？」

「對呀。」

「但是我之前已經見過一位國王，他⋯⋯」

「國王不『擁有』星星，他只是『統治』它們而已。這是兩回事。」

「那你擁有那些星星有什麼用？」

「這樣我就是富翁啦！」

「變成富翁對你有什麼用？」

「如果有人發現新的星星，我就可以把它買下來。」

小王子心想：「這傢伙的想法有點像那個酒鬼。」

但是他仍然繼續發問。

「一個人要怎樣才能擁有那些星星呢？」

「你先說它們是屬於誰的？」實業家不耐煩地反問。

「我不知道。不屬於任何人。」

「這麼說來，它們就是屬於我的嘍，因為是我最先想到的。」

「就這樣嗎？」

「當然嘍。當你發現一顆沒有主人的鑽石時，它就是你的。你若發現一座不屬於任何人的島，它就是你的。當你最先想到一個點子時，你要為它申請專利權，它就是你的了。所以我擁有星星，因為在我之前從來沒有任何人想過要占有它們。」

「這倒是真的。」小王子說，「那你要拿它們來做什麼？」

「我管理它們、反覆計算它們，」商人說道。「這件事雖然很困難。不過我是個正經八百的人啊！」

小王子還是不滿意。

「我啊，如果我擁有一條圍巾，可以把它圍在脖子上帶走。假如我有一朵花，可以把它摘下來帶走。但是你不能摘下星星啊！」

「不能，但我可以把它們放在銀行裡。」

「這是什麼意思？」

「意思是說，我可以在一小張紙條寫下我所有星星的數目，然後把這張紙條鎖在一個抽屜裡。」

「就這樣？」

「這樣就夠了！」

「這個倒好玩了，」小王子心想，「挺詩意的，卻有些不切實際。」

小王子對於正經事的看法，和大人們很不一樣。

小王子繼續說：「我擁有一朵花，每天都會為她澆水。我擁有三座火山，每個禮拜都會將它們打掃一遍。甚至連那座死火山我也會打掃。天曉得它會不會再度噴發。我擁有它們，對我的火山、對我的花都是有用的。可是你對你的星星卻沒有一點用處⋯⋯」

商人張開嘴，卻無言以對，於是小王子就走了。

「大人真的都非常的不可思議。」整段旅程中，他都只是不斷地這樣告訴自己。

. XIV .

第五顆星球非常奇特。它是所有行星當中最小的一顆。那裡只容得下一盞街燈和一個點燈人。小王子無法理解位於天空中某處，

既無房子也無住戶的這顆星球上，要一盞街燈和一個點燈人做什麼？

不過他告訴自己：

「這個人也許很荒謬，但他卻不會比國王、愛慕虛榮的人、商人和那個酒鬼來得更荒謬。至少他的工作有意義。當他點亮街燈時，他就像是讓一顆星星或一朵花誕生似的。當他熄滅街燈時，就是讓那朵花或那顆星星甜蜜入睡。這是一個美麗的職業。因為有意義，所以它真的很美麗。」

當登上那顆星球時，他恭恭敬敬的向那位點燈的人打招呼。

「你好啊！你剛剛為什麼要熄滅你的街燈呢？」

「因為這是規定。」點燈的人回答，「早安。」

「是什麼規定啊？」

「熄滅街燈的規定。晚安！」

然後他又點亮了街燈。

「那你為什麼又把燈點亮了呢？」

「這是規定。」點燈的人回答。

「我不明白。」小王子說。

點燈人說：「沒有什麼好明白的，規定就是規定。早安！」

他再度熄滅了他的燈。

然後拿出一條紅格紋手帕，抹了抹額頭。

「這份工作真是要人命。以前還算合理，我早上熄燈、晚上點燈。白天其他的時間我可以休息，晚上剩下的時間我可以拿來睡覺……」

「後來規定改了嗎？」

「規定沒改。」點燈人說，「但問題就出在這裡！這顆星球一年轉得比一年快，而規定卻始終沒改！」

「所以呢……」小王子問。

「所以現在它一分鐘轉一圈，弄得我連一秒的休息時間都沒有。我每分鐘都必須點燈一次和熄燈一次！」

「真好玩！你這裡的一天就只有一分鐘啊！」

「一點都不好玩。」點燈人說，「從剛才到現在，我們已經交談了一個月了。」

「一個月？」

「對呀。三十分鐘。三十天！晚安。」

他重新點亮他的街燈。小王子望著這個人，他很喜歡這位點燈人，因為他是那麼地忠於規定。他想起自己曾經拉著椅子追尋夕陽的事。他很想幫助他的朋友。

「你知道嗎……我曉得一個方法可以讓你想休息的時候就休息……」

「我一直很想休息。」點燈人說。

因為一個人可以同時忠實又偷懶。

小王子接著說：

「你的星球這麼小，只要跨個三步就可以走完一圈。你只要慢慢走，就可以一直待在太陽底下了。你想休息時就開始走……那麼，你希望白天有多長，它就會有多長。」

「這樣對我沒什麼用。」點燈人說，「因為這輩子我最喜歡做的事就是睡覺。」

「這樣真不幸。」小王子說。

「這樣真不幸。」，點燈的人說。「早安！」

他又熄滅了他的街燈。

當小王子繼續踏上他的旅程時，心想：「這個人也許會被其他的人輕視，像是那個國王、那個愛慕虛榮的人、那個醉漢、那個商人。然而，我覺得他卻是這些人當中最不荒謬可笑的一個。也許是因為他忙著做別的事，而不是只想著他自己。」

他遺憾地嘆了口氣，又想：

「這個是唯一可以和我做朋友的人，但他的行星實在太小了，根本容不下兩個人……」

小王子不敢承認的是，他捨不得離開這顆星球，是因為這顆受老天眷顧的星球，在二十四小時裡可以看到一千四百四十次落日！

. XV .

第六顆星球有剛才那顆的十倍大。上面住了一位老先生，編寫著一些很厚重的著作。

「唷，那邊來了一名探險家！」他一看見小王子就喊道。

小王子坐在桌子上，喘了幾口氣。他已經旅行了好一段時間了。

「你是從哪裡來的？」老先生問他。

「這本厚書是什麼書？您在這裡做什麼？」小王子問道。

「我是地理學家。」老先生說道。

「什麼是地理學家？」

「地理學家就是一位知道哪裡有海、有河流、有城市、有山脈和沙漠的學者。」

「這真有趣，」小王子說，「這下總算遇見一個真正的專業人士了！」於是他四處掃視這位地理學家的星球。他還從來沒見過如此壯麗的星球呢。

「您的星球很美。這裡有海洋嗎？」

「我怎麼會曉得？」地理學家回答。

「啊！（小王子有點失望）那麼有山脈嗎？」

「我怎麼會知道？」地理學家回答。

「那有城市、河流和沙漠嗎？」

「我還是不知道。」地理學家回答。

「可是你是地理學家呀！」

「沒錯，」地理學家說，「可是我不是探險家呀！而我正需要一位探險家。地理學家的工作不是去計算城市、河流、山脈、大海、大洋和沙漠的數量。地理學家太重要了，不能四處亂逛。他從不離開他的書桌。不過他會在那裡接見探險家。他詢問他們，根據他們的回憶做記錄。假如他覺得他們當中某一位的回憶很有意思，地理學家就會找人調查那位探險家的品行。」

「為什麼要這樣？」

「因為說謊的探險家會為地理書籍帶來大災難。酗酒的探險家也一樣。」

「為什麼要這樣？」小王子問。

「因為喝醉酒的人通常會把一件東西看成兩件。這樣的話，地理學家會在應該只有一座山的地方，記錄下兩座山。」

小王子說：「我認識一個人，他可能就是個最糟糕的探險家。」

「有可能吧。所以，當確定探險家的品行沒問題時，我們才會調查他的發現。」

「會去看嗎？」

「不會，那樣太複雜了。不過，我們會要求探險家提供證據。比方說，假如他發現的是一座大山，我們就會要求他帶來一些大的石頭。」

地理學家突然激動起來。

「而你啊，你是從遠方來的！你是個探險家，來為我描述一下你的星球！」

於是，地理學家翻開了他的記錄冊，開始削鉛筆。首先，他要將探險家的描述用鉛筆記錄下來，然後等到探險家提供了證據後，再用墨水記錄。

「所以呢？」地理學家問道

「喔！我住的地方並不有趣。」小王子說，「那裡非常小。有三座火山，兩座是活火山，一座是死火山，但誰曉得它會不會哪天又噴起火來？」

「對啊，誰曉得呢？」地理學家說。

「我還有一朵花。」

「我們不記載花的事。」地理學家說。

「為什麼不？花兒最美了！」

「因為花兒是轉瞬即逝的東西。」

「什麼叫做『轉瞬即逝』？」

地理學家說：「你要知道，地理書是所有書籍當中最嚴肅的一種。這些書永遠不會過時。一座山很少會改變它的位置。海洋也很少會乾涸。我們只寫那些永恆的東西。」

「可是死火山都有可能會醒過來啊。」小王子打斷他，「什麼叫做『轉瞬即逝』？」

「不管火山是死的、是活的，對我們來說都是一樣的。」地理學家說，「我們關心的是山，而山是不會改變的。」

「但什麼是『轉瞬即逝』？」小王子又問。他這輩子一旦提出了問題，就要問到底。

「意思就是『隨時有消失的危險』。」

「我的花隨時有消失的危險嗎？」

「當然啦！」

「我的花是轉瞬即逝的。」小王子自言自語，「而且她只有四根刺可以用來抵抗這個世界，我卻把她孤伶伶地留在家裡。」

這是小王子第一次感到懊悔。但他隨即又鼓起勇氣。

「那您建議我去拜訪哪裡呢？」小王子問。

「地球。」地理學家回答他，「它的名聲還不錯……」

於是，小王子走了，但一路上都在惦念著他的花。

. XVI .

第七顆行星，就是地球。

地球可不是顆隨隨便便的星球！算起來，地球上有一百一十一位國王（當然，黑人國王也包括在內）、七千位地理學家、九十萬名商人、七百五十萬個酒鬼及三億一千一百萬個愛慕虛榮的人，也就是說，大約有二十億個大人。

為了讓各位知道地球有多大，讓我這麼說吧，在發明電力前，六大洲上總共需要四十六萬兩千五百一十一名點燈人，一支十足的大軍啊。

從稍微遠一點的地方來看，會形成很壯麗的景觀。這支大軍的動作會像歌劇院的芭蕾舞團那樣秩序井然。首先由紐西蘭和澳洲的點燈人出場。只見他們點亮了燈，就去睡覺了。再來是輪到中國和西伯利亞的點燈人跳著舞出場。然後他們便退到幕後。接著輪到俄國和印度的點燈人上陣。然後是非洲和歐洲的點燈人。其次是南美洲的。最後輪到北美洲登場。他們從來不會搞錯上臺的次序。真的很壯觀。

只有負責北極和南極這兩地，都只有一盞燈的點燈人，可以過著悠哉閒散的生活：因為他們一年只需要工作兩次。

. XVII .

當一個人想要賣弄聰明時，免不了會撒點謊。剛才和各位講到那些點燈人的事，其實我並沒有很誠實。我可能會讓不認識我們這個星球的人產生錯誤印象。其實人類在地球上所占的位置可說是非常得少。假如生活在地球上的二十億人口僅靠著站在一起，像是在聽演唱會，那麼也只需要一座長寬各二十哩的大廣場，就可以容下所有的人。我們甚至可以讓全部的人擠在太平洋最小的一座島嶼上。

當然嘍，大人們是不會相信你們說的這些話。他們總想像自己占有很大的地方，總以為自己像猴麵包樹一樣重要。那麼你們就建議他們去做做算術吧！他們熱愛數字，數字會令他們開心。不過，你們千萬別浪費時間去做這種無聊的工作。沒必要。你們只要相信我就好了。

小王子一到地球上，就很驚訝地發現，竟然看不到任何人。就在他擔心自己是不是弄錯了星球時，一個月白色的環狀物在沙子裡動了下。

「晚安！」小王子抱著一線希望說道。

「晚安！」那條蛇回答。

「我落到了哪一個星球上了？」小王子問。

「在地球上，這裡是非洲。」那條蛇回答。

「啊……那麼，地球上沒有人嗎？」

「這裡是沙漠。沙漠中是沒有人的。地球很大。」那條蛇說。

小王子坐在一塊石頭上，抬起頭來望著天空。

「我想知道，」他說，「如果星星會發亮，是不是就為了讓每個人有一天都能找到他自己的星星。你看看我的星球，它剛好在我們上方……不過，它是那麼地遙遠！」

「你的星球很美。」那條蛇說道。「你來這裡做什麼？」

「我和一朵花處不來。」小王子說。

那條蛇「啊」了一聲。

然後，他們都沉默了一會兒。

小王子接著說：「人都在哪裡啊？在沙漠裡有點孤單。」

「在人群中也是會孤單的。」蛇說。

小王子望著牠看了很久，才終於對牠說：

「你是一種很奇特的動物，細得像一根手指頭似的……」

「但是我比國王的手指頭還厲害。」蛇回答他。

小王子笑了。

「你不會很厲害的……你連腳都沒有……你甚至不能出門旅行……」

「誰說的？我可以把你帶到很遠的地方，比一條船能到的地方還要更遠。」蛇說。

那條蛇盤在小王子的腳踝上，好像一只金鐲子。

牠又說：「不論我碰到什麼東西，都可以把他送回原來的地方。不過，你這麼純潔，而且你又是來自一顆星星……」

小王子沒有回答。

「我真的很同情你，你那麼脆弱，在這花崗岩組成的地球上。我可以助你一臂之力，要是有一天你太想念你的星球的話。我可以……」

小王子說：「喔！我明白你的意思，但是為什麼你說話總是好像在出謎語？」

「我能解開所有的謎語。」那條蛇說。

然後，他們兩個都沉默不語。

. XVIII .

小王子橫越沙漠，只遇見了一朵花。一朵長了三片花瓣的花，一朵微不足道的花……

「早安！」小王子說。

「早安！」花說。

「請問人都到哪裡去了？」小王子禮貌地詢問。

那朵花曾經看過一隊駱駝商旅經過。

「人類嗎？我想他們還活著，有六個或七個吧。好多年前，我看見過他們。但是沒人知道在哪裡可以找到他們。風把他們帶走了。他們沒有根，所以日子一定很難過。」

「再見了！」小王子說。

「再見！」花說。

. XIX .

小王子爬到一座高山上。以前他所認識的山，也不過就是那三座只有他膝蓋那麼高的火山。他甚至還把那座死火山當成椅子來坐。

於是他想：「從這麼高的山上望下去，我應該可以把整座星球和所有人類一覽無遺……」可是他卻只看見磨得尖尖的岩石山峰。

他抱著一線希望說道：「早安！」

「早安……早安……早安……」回聲回答。

「你是誰？」小王子問。

「你是誰……你是誰……你是誰……」回聲回答。

「做我的朋友吧，我很孤單。」他說。

「我很孤單……我很孤單……我很孤單……」回聲回答。

於是他心想：「多麼奇怪的星球啊！這個星球上一切都那麼乾燥、那麼尖又那麼銳利。而且人們還缺乏想像力，只會重複人家跟他們說的話……在我的星球上，我有一朵花，她總是第一個開口說話……」

. XX .

不過，當小王子他穿過沙漠、峭壁和雪地，走了很久之後，終於發現一條道路。而所有的路都是通往有人居住的地方。

「你好。」他說。

那是一座開滿玫瑰花的花園。

「你好！」那些玫瑰說道。

小王子望著這些玫瑰。她們全都長得和他的花兒一樣。

「妳們是誰呀？」他詫異地問她們。

「我們是玫瑰花。」那些玫瑰花回答。

「啊！」小王子嘆道。

他感到非常的難過。他的花兒告訴過他，說她是宇宙中獨一無二的品種。但是這裡，就在一座花園裡，就有五千朵玫瑰花，全都長得很像！

他心想：「如果她看到這個景象，一定會很生氣……她會拚命咳嗽，然後假裝死掉，以逃避調侃。然後，我也不得不假裝照顧她，否則，為了要讓我也覺得羞愧，她可能會讓自己真的死去……」

然後他又對自己說：「過去，我還以為自己很富有，因為我擁有一朵世上獨一無二的花兒，然而我擁有的只不過是一朵普通的花兒罷了。除此之外，還有我那三座膝蓋般高的火山，而其中一座很有可能永遠熄滅了。這些東西，不會讓我成為一位偉大的王子……」

於是小王子趴在草地上，哭了。

. XXI .

就在這個時候，出現了一隻狐狸。

「你好！」狐狸說。

「你好！」小王子很有禮貌地回答，他回頭一看，卻什麼也沒看到。

那個聲音說：「我在這裡，在蘋果樹下……」

「你是誰呀？」小王子問，「你好漂亮……」

「我是一隻狐狸。」狐狸說。

「過來和我一起玩，好嗎？」小王子向他提議。「我好傷心……」

「我不能跟你一起玩，」狐狸說，「因為我還沒有被馴服。」

「啊，對不起！」小王子說道。

不過，想了一會兒後，小王子又問：

「『馴服』是什麼意思？」

「你不是這裡的人吧。」狐狸說，「你在找什麼？」

「我在找人類，」小王子說，「『馴服』到底是什麼意思？」

狐狸說：「人類啊，他們帶著獵槍到處打獵。真的非常討厭！他們也會養雞，這是他們唯一的興趣。你在找雞嗎？」

「不，」小王子說，「我在找朋友。什麼叫做『馴服』？」

「那是一件太常被忽略的事。」狐狸說，「意思就是『建立關係』。」

「建立關係？」

「沒錯。」狐狸說，「對我來說，你還只是個小男孩，和其他成千上萬的小男孩沒有兩樣。而且我不需要你，你也不需要我。我對你而言也只是隻狐狸，和成千上萬的狐狸一樣。可是，如果你馴服了我，我們就會彼此需要了。對我來說，你就會是世界上獨一無二的；對你來說，我也會是世界上獨一無二的……」

「我好像懂了。」小王子說，「有一朵花……我想她已經馴服了我……」

「很有可能，」狐狸說，「在地球上，什麼事都有可能會發生……」

「喔！她不在地球上。」小王子回答。

狐狸看起來非常好奇：

「是在另外一個星球上嗎？」

「是的。」

「那個星球上面有獵人嗎？」

「沒有。」

「這點聽起來很有意思！那有雞嗎？」

「也沒有。」

「世界上沒有十全十美的事。」狐狸嘆道。

不過，狐狸又回到原來的話題：

「我的生活很單調。我獵捕雞，人獵捕我；所有的雞都長得一樣，所有的人也都長得一樣。所以我覺得有點厭煩。可是，如果你馴服了我，我的生命就會像陽光普照那樣。我會認出你與眾不同的腳步聲。別人的腳步聲會讓我鑽到地洞裡。你的腳步聲則會像音樂那樣，呼喚我從洞裡走出來。還有，你看啊！看見那邊的麥田了嗎？我不吃麵包，麥子對我來說毫無用處。麥田也不會讓我想到任何東西。這點真是令人難過！可是你有一頭金色的頭髮。所以等到你馴服我之後，就會變得非常美妙！金黃色的麥子會讓我想到你。於是，我就會愛上風吹過麥田的聲音……」

狐狸不說話了，牠看著小王子好一會兒。

「拜託你……馴服我吧！」牠說。

「我很願意。」小王子回答，「但是我沒有很多時間。我想要認識朋友，我還想理解很多事物。」

「我們只會理解我們所馴服的東西。」狐狸說，「人類再沒有時間理解任何東西了。他們到商店去購買現成的東西。不過，因為世上沒有販賣朋友的商店，所以人類就再也沒有朋友了。假如你想要一位朋友，那你就馴服我吧！」

「我該怎麼做呢？」小王子問。

狐狸回答：「你必須要很有耐心。一開始你要坐得離我遠一點，像這樣，坐在草地上。我用眼角的餘光偷看你，而你什麼話也不說。語言是誤會的源頭。但是，你每天都可以坐得更靠近我一點……」

第二天，小王子回來了。

　　狐狸對他說：「你最好在每天在同樣的時間回來。比方說，如果你下午四點鐘要來，那麼從三點開始，我就會高興。時間愈接近，我就會愈開心。到了四點鐘，我早就坐立難安了；我會發現幸福的代價！可是，如果你在隨便什麼時間來，我就永遠不知道幾點該開始裝扮我的心⋯⋯必須要有儀式。」

　　「什麼是『儀式』？」小王子問。

　　狐狸說：「那也是個太常被忽略的東西。儀式就是訂下一個與其他日子不同的日子、一個與其他時刻不同的時刻。比如說，我的獵人他們就有一個儀式。他們每個星期四都要和村裡的姑娘跳舞。於是，星期四就變成一個美妙的日子！我可以一路散步到葡萄園去。如果獵人在隨便什麼時間跳舞，那麼日天就會一成不變，我也就不會有假期了。」

　　就這樣，小王子馴服了狐狸。然後當分離的時刻接近時，狐狸說：

　　「啊！我到時候會哭的。」

　　「這都是你的錯。」小王子說，「我本來就不希望讓你難過，可是你卻希望我馴服你。」

　　「沒錯。」狐狸說。

　　「可是你就要哭了。」小王子說。

　　「沒錯。」狐狸說。

　　「那麼從這件事當中，你沒有得到一點好處？」

　　「我有。」狐狸說，「多虧了麥子的顏色。」

　　牠又說：「你再去看看那些玫瑰花。你會明白你的那朵玫瑰花確實是世上獨一無二。到時你再回來和我說再見，我會送給你一個祕密做為臨別禮物。」

　　於是，小王子回去看那些玫瑰花。

「妳們一點也不像我的玫瑰花，妳們依然什麼也不是。」他對她們說，「因為沒有人馴服妳們，妳們也沒有馴服過任何人。妳們就像我的狐狸以前那樣。當時牠只是隻與成千上萬其他狐狸一樣的狐狸。但是我和牠做了朋友，現在牠對我而言，是世界上獨一無二的。」

　　那些玫瑰花都非常難為情。

　　他又對她們說：「妳們都很美麗，但是妳們都很空虛。沒有人會為妳們而死。當然啦，一個普通的路人也許會覺得我的玫瑰和妳們長得一模一樣。但是，單單一個她就比妳們全部都重要。因為我澆水是為了她。因為我罩上玻璃罩的是她。因為我用屏風保護的是她。因為我是為了她殺掉那些毛毛蟲（只留下兩、三隻讓牠們將來變成蝴蝶）。因為我聆聽過她的抱怨、吹牛，甚至偶爾的沉默不語。因為她是我的玫瑰花。」

　　然後，他又回到狐狸那裡。

　　「再見了！」他說……

　　「再見了！」狐狸說，「我的祕密非常簡單：只有用心看才看得清楚，重要的東西是眼睛看不見的。」

　　「重要的東西是眼睛看不見的。」小王子重複著狐狸的話，好讓自己記住。

　　「就是因為你為你的玫瑰花了那麼多時間，才讓你的玫瑰花變得那麼重要。」

　　「因為我為我的玫瑰花了那麼多時間……」小王子重複說道，好讓自己記住。

　　「人類已經忘記了這個真理，」狐狸說，「但是你千萬不要忘記。你永遠都對你馴服的對象有責任。你對你的玫瑰花有責任……」

　　「我對我的玫瑰花有責任……」小王子重複說道，好把這句話記在心裡。

. XXII .

「你好！」小王子說。

「你好！」火車調度員回答。

「你在這裡做什麼？」小王子問。

「我把每一千位旅客分成一組，」火車調度員說。「並派出火車把他們載走，有時候向右，有時候向左。」

這時，一輛燈火通明的快車像打雷般呼嘯駛來，把調度室震得搖搖晃晃。

小王子說：「他們看起來非常匆忙。他們在找什麼？」

「恐怕連火車司機自己也不知道吧。」調度員說。

此時，又有第二輛燈火通明的快車從相反的方向呼嘯駛來。

「他們這麼快就回來了？」小王子問。

「不是同一批人。」調度員說，「這是對開的班次。」

「他們不滿意自己原來待的地方嗎？」

「從來沒有人滿意自己待的地方。」調度員回答。

然後，第三輛燈火通明的快車又呼嘯而過。

小王子問：「他們在追趕第一輛車的旅客嗎？」

「他們沒有在追趕任何東西。」調度員說，「他們在車上睡覺，要不就在打呵欠。只有孩子會把臉貼在玻璃窗上。」

小王子說：「只有孩子知道他們在找什麼。他們會把時間花在一個破布娃娃上，於是娃娃就變得很重要，假如有人把娃娃拿走，他們就會哭⋯⋯」

「他們很幸運。」調度員說。

. XXIII .

「你好！」小王子說。

「你好！」小販回答。

這是一位販賣解渴特效藥的小販。每星期只要吞下一顆藥，就可以不必再喝水。

「你為什麼要賣這種藥？」小王子問。

「因為可以節省很多時間啊。」小販說，「有專家做過統計。一星期可以省下五十三分鐘。」

「那麼這五十三分鐘要拿來做什麼？」

「高興做什麼就做什麼呀⋯⋯」

「如果是我⋯⋯」小王子心想，「如果我有五十三分鐘的空閒時間，我會從從容容地走向一座噴泉⋯⋯」

. XXIV .

這是我的飛機在沙漠中故障的第八天，我一邊聽小王子說起小販的故事、一邊喝下我身上的最後一滴水。

我對小王子說：「啊！你的回憶很迷人，但我還沒修好我的飛機，卻已經沒有水可以喝了，若是我也能從從容容地走向一座噴泉，我會很高興的！」

「我的朋友狐狸⋯⋯」他對我說。

「我的小小人兒，這件事和狐狸沒有關係了！」

「為什麼？」

「因為我們就要渴死了。」

他不明白我的論調。他回答我：

「即使一個人快要死了，有個朋友總是好的。像我，我就很高興能和狐狸當朋友……」

我心想：「他一點也沒意識到危險。他從來不會餓，也不會渴。他只要有一點陽光就夠了……」

可是他望著我，然後回答了我心裡在想的事。

「我也渴了……我們去找一口井吧……」

我疲憊地揮了揮手，在這廣大的沙漠中漫無目標地去尋找一口井，是件很荒謬的事。然而，我們還是動身了。

我們默默地走了好幾個小時，夜色降臨，星星開始發亮。我望著星星，好像做夢一樣，我因為口渴的緣故，有點發燒。小王子說的話在我的記憶中舞動。

「所以你也口渴嗎？」我問他。

但他並沒回答我的問題，只是簡單地告訴我：

「水對於心靈也可以是有好處的。」

我不明白他的回答，但沒有再開口……我很清楚，不應該再問他什麼了。

他累了。他坐了下來。我在他身旁坐下。一陣沉默之後，他又說道：

「星星很美，是因為有一朵我們看不見的花兒……」

「你說得沒錯。」我回答，然後無言地望著月光下的沙丘。

「沙漠很美。」他補上一句……

這點千真萬確。我一直很喜愛沙漠。坐在一座沙丘上，什麼也看不見，什麼也聽不到。然而在此同時，萬籟俱寂中卻有些東西在發光……

「讓沙漠變美的原因，」小王子說道，「是因為沙漠中的某個地方藏著一口井……」

我這才恍然大悟，突然理解到沙漠中的神祕光輝是什麼了。小時候，我住過一棟老房子，傳說有寶藏埋在裡面。當然啦，從來沒有人有辦法發現寶藏在哪裡，也許甚至連找都沒人去找過。可是這個寶藏的傳說讓整棟房子充滿了魔力。我房子的內心深處藏著一個祕密……

「對，」我告訴小王子，「不管是房子、星星或沙漠，一定是某種看不見的東西，才使得它們顯得這麼美麗迷人！」

「我很高興，」他說，「你和我那位狐狸朋友所見略同。」

因為小王子睡著了，我便把他抱在懷裡繼續趕路。我心裡很感動，覺得自己好像抱著一個脆弱的寶藏。甚至覺得地球上再也沒有比他更脆弱的東西了。就著月光，我望著他蒼白的額頭、閉上的雙眼和那一絲絲在風中顫動的頭髮，然後我告訴自己：「我眼前看到的不過是一具軀殼，但最重要的東西是眼睛看不見的……」

當他的嘴唇微微開啟，露出半個微笑時，我又告訴自己：「這位睡著的小王子最讓我感動的，是他對一朵花兒的忠誠，甚至在他睡著時，都有玫瑰的形象在他身上散發光芒，就像一盞燈的火焰那樣……」

然後，我覺得他變得更脆弱了。一定要好好保護這些火焰，否則一陣風吹過，就有可能讓它熄滅……於是，我就這樣走著，在天亮時，我發現了那口井。

. XXV .

小王子說：「人們只顧著擠進快車裡，卻不曉得他們在找什麼。所以，手忙腳亂地兜著圈子……」

然後他又加了一句。

「何必那麼累呢……」

我們找到的那口井，並不像撒哈拉沙漠的那種井。撒哈拉沙漠地帶的井通常只是在沙地上挖個簡單的洞。但這口井看起來像一座村子裡的

井，只是那附近沒有任何村莊，於是我開始懷疑自己是否在做夢。

「好奇怪，」我對小王子說，「一切都很齊全：滑輪、水桶和繩子……」

他笑了，碰了碰繩子，轉起滑輪來。於是滑輪嘰嘎作響，就好像一具老舊的風信雞，在無風的日子裡會發出的那種嘎吱聲響。

小王子說：「你聽到了嗎，我們喚醒了這口井，於是它唱起歌來……」

我不想讓他太費力。

「讓我來吧！」我對他說，「這個工作對你來說太粗重了。」

我把水桶緩緩地拉到井邊，然後將它穩穩地在井邊放好。滑輪的歌聲猶在我耳中縈繞，我在依然顫抖的水面上看見了顫動的太陽。

「我好想喝這個水，」小王子說，「給我喝一點吧……」

我這才明白，他一直在尋找的是什麼！

我把水桶湊到他唇邊，他閉著眼睛喝水。水甜美的好像一場盛宴。這個水不僅是用來喝的。它也誕生於星空下的跋涉、滑輪的歌唱，還有我雙臂所做的努力。這個水對心靈有益，就像是一份天賜的禮物。當我還是小孩子時，耶誕樹的燈光、子夜彌撒的音樂、溫甜的微笑，就是像這樣，讓我收到的耶誕禮物充滿光輝。

小王子說：「你們這裡的人在一座花園裡種上五千朵玫瑰……卻找不到他們所尋覓的東西……」

「他們是沒有找到。」我回答……

「但是他們要找的東西，其實在單單一朵玫瑰花或一點點水當中就可以找到……」

「沒錯。」我回答。

小王子接著又說：

「不過眼睛是盲目的。一定要用心去尋找。」

我喝了水，呼吸舒暢多了。破曉時分的沙漠具有蜂蜜的色調。也因為這種蜂蜜的顏色，令我感到非常開心。那麼我為什麼要覺得難過呢……

「你必須遵守你的承諾。」又在我身旁坐下的小王子，輕聲對我說道。

「什麼承諾？」

「你知道的……你要幫我的綿羊畫一個嘴套……我對那朵花可是有責任的！」

我從口袋裡掏出我的草圖。小王子看見那些圖後，笑著說道：

「你畫的猴麵包樹看起來有點像包心菜……」

「喔！」

原本我還頗以筆下的猴麵包樹為傲呢！

「你畫的狐狸……那兩隻耳朵……看起來像兩隻角……而且耳朵也太長了！」

他又笑了。

我說：「你這樣講很不公平喔，小人兒。我本來就只會畫蟒蛇外部圖和內部圖的啊。」

「喔！沒關係啦，」他說，「小孩都會懂的。」

於是，我用鉛筆畫了一個嘴套。把圖交給他的時候，我的心情沉重。

「你是不是有什麼我不知道的計畫……」

可是他沒有回答我的問題，對我說：

「你知道嗎，我降落到地球上……到明天就滿一週年了……」

然後沉默一會兒，他又說：

「當時降落的地點就是在這附近……」

接著他的臉紅了。

不知道為什麼，我又感到一陣異樣的憂傷。此時，我突然想到了一個問題。「這麼說來，一星期前我遇見你的那天早上，你獨自在這個距人煙千哩之外的地方漫步，就不是出於偶然了！你是想回到你降落的地點？」

小王子的臉又紅了。

我猶豫了一會兒，又問道：

「也許是因為一週年的緣故……」

小王子的臉再度紅了起來。

他從來不回答別人的問題，可是當一個人臉紅的時候，不就等於在說「是」嗎？

「啊！」我對他說，「我怕……」

可是他卻回嘴說：

「你現在應該回去工作了。你應該回去你的飛機那裡。我在這裡等你。你明天晚上再回來吧……」

可是我還是不太放心。我想起了那隻狐狸。如果我們讓自己被馴服了，就會有流一點眼淚的風險啊……

. XXVI .

在那口井旁，有一堵老石牆的廢墟。第二天傍晚，當我工作告一段落，回來時，遠遠就看到我的小王子坐在石牆上，兩隻腿懸在空中。我聽見他在說話。

「所以你不記得了？」他說，「這裡並不是確切的地點！」

應該有另一個聲音回應了他，因為他辯駁道：

「是啦！是啦！就是這一天，不過地點並不是這裡……」

我繼續往石牆走去。我始終沒看到也沒聽見任何人。然而，小王子卻又再度回應道：

「那當然，你會看到我留在沙漠上的足跡。你只要在那裡等我就行了。今天晚上我會去那裡。」

我距離那堵廢牆只有二十公尺，但我還是什麼也沒看到。

沉默了一會兒之後，小王子又說道：

「你有好的毒液嗎？你確定不會讓我難受太久？」

我心頭一緊，停下了腳步。但我依然不明白。

「現在，你走開吧，」他說，「我要下去了！」

於是，我垂下眼往牆腳看去，嚇了一大跳！在那裡，面對著小王子的，是一條黃色的蛇，這種蛇可以讓人在三十秒內斃命。我開始向前跑，同時摸索著我的口袋，想要把手槍掏出來。不過，聽見我發出的聲響，那條蛇讓自己輕輕沒入沙裡，像一道落下的水柱似的。然後，牠不慌不忙地鑽進石頭之間，發出輕微的金屬聲。

我到牆邊時，剛好來得及把我的小人兒王子接在懷裡，他的臉蒼白得像雪一樣。「這是怎麼回事？你剛才竟然會跟蛇說話！」

我鬆開他一直戴著的那條金黃色圍巾，用水沾溼他的太陽穴，並給他喝了點水。現在我不敢再問他任何問題了。他臉色凝重地望著我，雙臂環住我的脖子。我覺得他的心跳好像被槍擊中的垂死小鳥。他對我說：

「我很高興你找出了引擎的毛病，你快要可以回家去了……」

「你怎麼知道？」

我才正要告訴他，我終於在毫無希望的情況下，完成了修復飛機的工作。

他並沒有回答我的問題，不過他接著說：

「我也一樣，今天我要回家去了……」

然後，他感傷地說：

「路途遠多了……而且也困難多了……」

我深深感覺到有些不尋常的事正在發生。我像抱嬰兒那樣，把他緊緊抱在懷裡，總覺得他就像要垂直墜入深淵似的，我卻無法攔住他……他的目光嚴肅，視線落在很遙遠的地方。

「我有你畫的綿羊。我有裝綿羊的箱子。我還有那個嘴套……」

他露出憂鬱的微笑。

我等了一段時間，發現他的身體正在慢慢地暖和起來。

「小人兒，你受到驚嚇了……」

他當然是受到了驚嚇！不過他卻輕輕地笑了。

「我今天晚上還會更害怕……」

我再度因為那種無法挽回的感覺而感到全身發寒。而且我明白,自己無法忍受再也聽不見他這種笑聲的想法。他的笑聲對我來說,就像是荒漠中的甘泉。

「親愛的小人兒,我還想再聽到你的笑聲……」

但是他對我說:

「今晚,就要滿一年了。我的星星會剛好出現在我去年降落地點的正上方……」

「親愛的小人兒,請告訴我,這一切只是一場噩夢,關於那條蛇的事、相約的地點,還有星星……」

他沒有回答我的問題,只是對我說:

「重要的東西是看不見的……」

「當然……」

「就像花兒一樣。如果你喜歡某顆星星上的一朵花,那麼夜裡仰望天空時,就會覺得很美,好像所有的星星都開滿了花。」

「當然……」

「水也一樣,因為有了那滑輪和繩索的聲響,你給我喝的那些水就像音樂一樣……你還記得吧,那水真好喝。」

「當然……」

「夜裡,你會觀看那些星星。我的星球太小,所以我沒辦法指給你看它在哪裡。這樣也好,對你而言,我的星星將是許多星星中的一顆。所以,今後你會喜歡仰望所有的星星……它們都會成為你的朋友。而且我要送你一個禮物……」

他又笑了。

「啊,親愛的小人兒,親愛的小人兒,我喜歡聽你的笑聲!」

「那正是我要送的禮物……就像那些水一樣……」

「你的意思是?」

「人們擁有星星的方式不盡相同。星星對旅人而言,可以指引方向。對其他人來說,星星只是發亮的小光點。對學者來說,星星是待解的課題。對於我遇過的那位商人,星星則像金子一樣。可是這些星星都

默不作聲。而你,將會擁有別人沒有的星星……」

「你的意思是?」

「當你晚上仰望天空時,因為我住在其中的一顆星星上面,因為我將在其中的一顆星星上面笑,於是你晚上看星星時,就會覺得好像所有的星星都在笑。也就是說,你將擁有會笑的星星!」

他又笑了。

「等到你心情好一點的時候(時間會撫平一切),你會因為認識我而感到慶幸。你永遠都會是我的朋友。你會想和我一起笑。有時你會純粹為了好玩而打開窗子……你的朋友將會驚訝地看到你望著天空發笑。於是你會告訴他們說:『是啊,那些星星總是惹我發笑!』他們會以為你瘋了。這樣我就整到你了……」

然後,他又笑了。

「這就好像我給你的不是一堆星星,而是一堆會笑的小鈴鐺……」

笑著笑著,他忽然嚴肅起來。

「今夜……你知道……不要跟來喔。」

「我不想離開你的。」

「我看起來會好像很痛苦的樣子……有點像要死掉的樣子。就是這樣。不要來看我那個樣子,真的沒有必要……」

「我不會離開你的。」

可是他很擔心。

「我會這樣告訴你……也是因為那條蛇。你千萬別讓牠咬到你……蛇都挺壞的。牠們可能會為了好玩而咬人……」

「我不會離開你的。」

不過,某件事又讓他安下了心。

「的確,牠們不會有足夠的毒液可以咬第二個人……」

那天夜裡,我沒有看到他動身。他無聲無息的離開了。當我終於追上他時,他以堅定的步伐快速走著,只是對我說:

「啊!你來啦……」

他牽起我的手，卻依然很擔心。

「你真的不該跟來的。你會很難過的。我會看起來像死掉一樣，但那不是真的⋯⋯」

我一句話也沒說。

「你明白嗎？路太遠了，我沒辦法帶走我的身體，它太重了。」

我仍然沒說話。

「不過這只是像被丟棄的一個舊軀殼。舊軀殼不值得我們太傷心⋯⋯」

我還是沒說話。

他有點氣餒，但仍盡可能地安慰我。

「你知道，那樣會很好的，我也會抬頭看那些星星，想像每一顆星星上都有一口井和一個生鏽的滑輪，而所有的星星也都會倒水給我喝⋯⋯」

我仍一言不發。

「你想想看那樣有多好玩！你將會有五億個小鈴鐺，而我將會有五億個沁出甘泉的井⋯⋯」

然後他也不說話了，因為他哭了起來⋯⋯

「就是這裡了。讓我一個人過去吧。」

他卻坐了下來，因為他其實也很害怕。他又說：

「你知道⋯⋯我的花⋯⋯我對她有責任的！她是那麼脆弱，她是那麼天真。她只有四根沒用的刺來對抗這個世界⋯⋯」

我也坐了下來，因為我沒辦法繼續站著。他說：

「好了⋯⋯就這樣了⋯⋯」

他猶豫了一會兒，然後站起身來。他向前走了一步。我卻無法動彈。

就只有一道黃色的閃光出現在他的腳踝邊。他一動也不動地駐足片刻。他沒有喊叫。他緩緩地倒下，就好像一棵樹倒下那樣。因為在沙地上的緣故，他倒下時甚至沒有發出絲毫聲響。

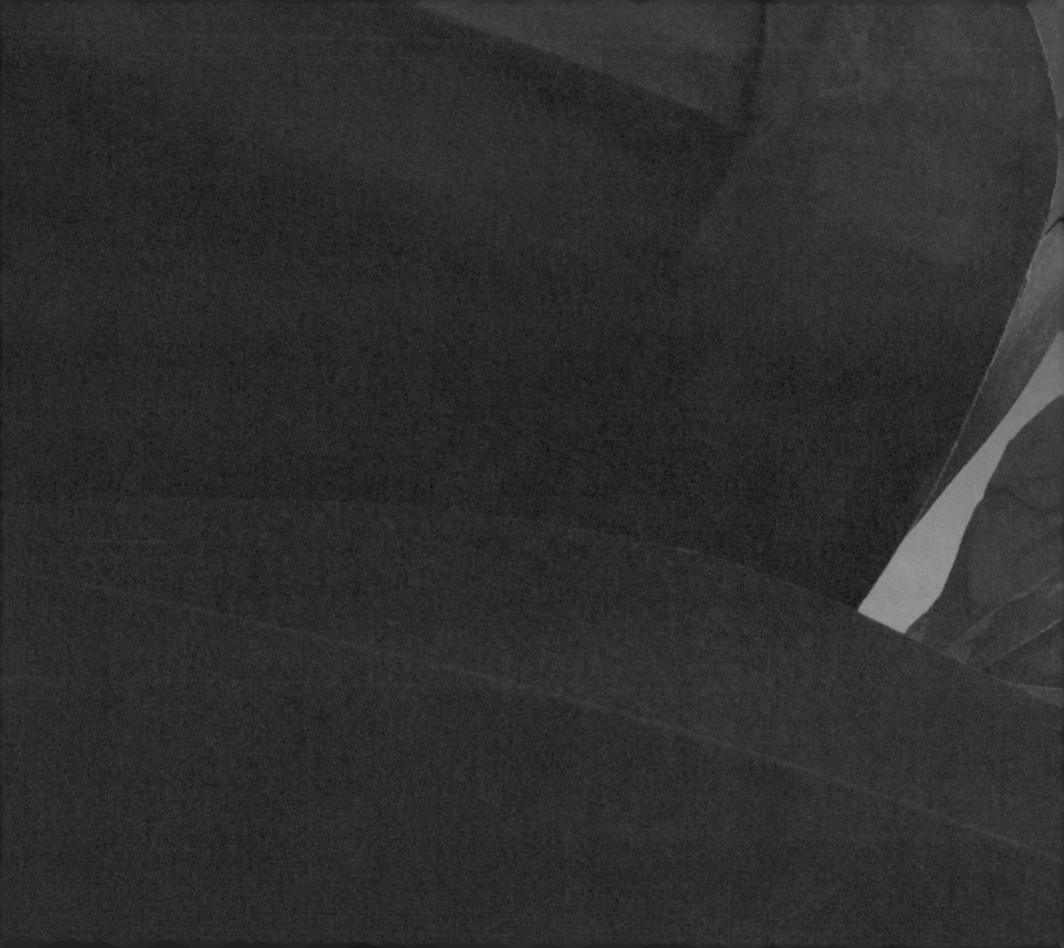

. XXVII .

如今，六年過去了……我沒有將這個故事告訴過任何人。同事們看到我平安歸來都十分高興。我心裡很憂傷，但我只是告訴他們說：「是疲憊的緣故……」

現在我的心情稍稍平復，也就是說……並沒有完全恢復。但是我知道，他確實回到了他的星球，因為黎明時，我並沒有找到他的軀體，但他的身體其實並不重……而我喜歡在夜裡聆聽天上的星星，它們就像是五億個小鈴鐺……

不過，還是發生了一件意料之外的事。我替小王子畫的那個嘴套，忘了加上一條皮帶！這樣他就永遠沒辦法把它繫在綿羊嘴上了。於是我常想：「在他的星球上到底會發生什麼事？也許綿羊已經吃掉了花兒……」

有時我會對自己說：「絕對不會的！小王子每天晚上都一定會把他的花兒關在玻璃罩下，而他也會好好看著那隻綿羊的……」然後我就很高興。然後所有的星星都溫柔地笑著。

有時候我又會想：「人總是有不小心的時候，那就糟了。也許哪天晚上他忘記罩上玻璃罩，或是那隻綿羊在夜裡一聲不響地跑了出來……」於是小鈴鐺全部變成一滴滴的淚珠……

最大的奧祕也就在這裡。對於同樣喜愛小王子的您來說，就和我一樣，要是在某個我們不知道的地方，有一隻我們不認識的綿羊，不管牠有沒有吃掉一朵玫瑰花，整個宇宙都會變得完全不一樣……

現在，請您望望天空吧！問問自己：「那隻綿羊到底有沒有吃掉那朵花？」您將發現好像一切都不同了……

然而，沒有一個大人會明白這件事有多麼重要！

對我來說，這是世界上最美麗的景色，也是最令人悲傷的景色。和上一頁的圖是同樣的景色，但我又畫了一次，好讓各位看清楚。就是在這裡，小王子出現在地球上的，然後又在這裡消失。

請您仔細看看這幅風景，以確保若是有一天，您去非洲的沙漠旅行時，能有辦法認出這個地方。萬一您恰巧真的經過那裡，我請求您不要太匆忙，記得在星空下稍待一會兒。如果那時候有個孩子向您走過來，如果他喜歡笑，如果他有一頭金髮，如果他在人家問話時都不回答，您就猜得到他是誰了。到時候請您行行好，不要再讓我這麼難過：請您趕緊寫封信告訴我，他回來了……

完

高寶書版集團
gobooks.com.tw

RR 011
小王子【全球獨家　電影紙藝動畫插圖版】聖修伯里原著
Le Petit Prince

作　　者　安東尼・聖修伯里（Antoine de Saint-Exupéry）
譯　　者　賈翊君
編　　輯　林俶萍
校　　對　李思佳・林俶萍
排　　版　趙小芳
封面設計　林政嘉

發 行 人　朱凱蕾
出　　版　英屬維京群島商高寶國際有限公司台灣分公司
　　　　　Global Group Holdings, Ltd.
地　　址　台北市內湖區洲子街88號3樓
網　　址　gobooks.com.tw
電　　話　(02) 27992788
電　　郵　readers@gobooks.com.tw（讀者服務部）
　　　　　pr@gobooks.com.tw（公關諮詢部）
傳　　真　出版部 (02) 27990909　行銷部 (02) 27993088
郵政劃撥　19394552
戶　　名　英屬維京群島商高寶國際有限公司台灣分公司
發　　行　希代多媒體書版股份有限公司/Printed in Taiwan
初版日期　2015年10月

國家圖書館出版品預行編目(CIP)資料

小王子【全球獨家　電影紙藝動畫插圖版】聖修伯里
原著 / 聖修伯里（Antoine de Saint-Exupéry）著；
賈翊君 譯. -- 初版. -- 臺北市：高寶國際出版：希代多
媒體發行, 2015.10
　　面；　公分. -- (Retime: RR 011)
譯自：Le Petit Prince
ISBN 978-986-361-212-4(精裝)

876.57　　　　　　　　　　　104018736